Manfred Mai

Scheene Bescherung

Eine schwäbische Weihnachtsgeschichte
Mit Bildern von Heinz Schindele

Silberburg-Verlag

1. Auflage 1992
© Copyright 1992 by Silberburg-Verlag Titus Häussermann GmbH,
   Tübingen und Stuttgart.
Alle Rechte vorbehalten.
Für dieses Buch wurde chlorfrei gebleichtes Papier verwendet.
Reproduktionen: Schwabenrepro GmbH, Stuttgart.
Druck und Verarbeitung: Schauenburg Graphische Betriebe GmbH,
   Schwanau.
Printed in Germany.

ISBN 3-87407-144-8

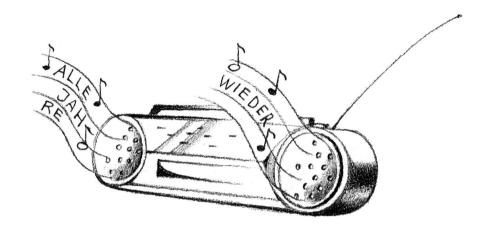

Ärger beim Frühstück

»Alle Jahre wieder ...«, singt ein Kinderchor im Radio.

»Jetz goht des wieder los«, brummt Vater Bäuerle beim Frühstück. »Vo jetz bis am Heilegdreiköneg nix wie ›Alle Jahre wieder‹, ›O du fröhliche‹ ond ›Süßer die Glocken nie klingen‹.«

Vater Bäuerle ist ein furchtbarer Morgenmuffel. Jeder Fliegendreck stört ihn. Und dieses »Alle Jahre wieder ...« am Morgen des 28. November, bevor er das erste Gsälzbrot gegessen hat, das ist des Süßen nun wirklich zuviel. Er will das Radio ausschalten und damit den Kindern »da Kraga abdreha«. Doch damit löst er beinahe einen Familienaufstand aus.

»Ned ausschalta!« rufen seine beiden Kinder im Chor. »Des isch doch so schee!«

Es passiert nicht oft, daß die zehnjährige Bärbel und ihr sechsjähriger Bruder Martin so einig sind. Deswegen gucken sie sich einen Moment überrascht an. Aber diesmal bleiben beide bei ihrer Meinung und wiederholen zur Sicherheit: »Du sollsch ned ausschalta!«

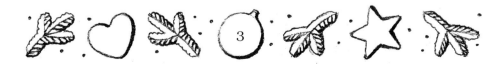

Vater Bäuerles Hand schwebt über dem Radio und damit über dem Familienfrieden wie das Schwert über dem Haupte des Damokles.

»Jetz laß doch dia Kender senga«, sagt Mutter Bäuerle. »Des ghört halt drzua.«

Vater Bäuerles Hand rührt sich nicht.

»Scho en dr Bibel schtoht: Lasset die Kindlein zu mir kommen«, sagt Bärbel mit ernster Miene.

»Aber vom Senga en äller Herrgottsfriah schtoht nix dren, soviel i woiß.« Trotzdem zieht Vater Bäuerle jetzt die Hand zurück, läßt die Kinder singen, nimmt sein Gsälzbrot und beißt kräftig hinein.

Martin reißt Mund und Augen auf. »Baba, du hoscht jo 's halbe Brot uf oimol ronterbissa!«

Vater Bäuerle kaut und mampft: »Ha, jetz wird's emmer scheener! Jetz derf i ned amol meh essa wia i will!«

»Reg de doch ned so auf«, versucht Mutter Bäuerle ihren Mann zu beruhigen. »Dr Martin hot's doch ned so gmoint.«

Vater Bäuerle guckt seinen Sohn scharf an. »Baß liaber auf, daß *du* richtig ischt! Dir trialet glei Gsälz uf d Hos nonter.«

Martin kann die fließende Marmelade gerade noch mit der Zunge aufhalten und ablecken. »Siehsch, 's isch nix nonter trialet.«

Vater Bäuerle sagt nichts mehr. Er schiebt die zweite Hälfte seines Gsälzbrotes in den Mund, schlägt die Zeitung auf und verschwindet hinter ihr.

»Baba, was schtoht denn en dr Zeidong dren?« fragt Martin nach einer Weile.

»Nix!«

»Aber nix ka ma doch ned lesa.«

»I scho!«

Mutter Bäuerle tippt Martin an und legt einen Finger auf den Mund. Martin beißt ein winziges Stück von seinem Brot ab. Den Rest schiebt er zu seiner Mutter hinüber. »Des Gsälz schmeckt doof.«

»Schtemmt jo gar ned«, widerspricht Bärbel. Sie leckt sich de-monstrativ die Lippen ab, um ihrem Bruder zu zeigen, daß die Marmelade ausgezeichnet schmeckt.

»Bäh!« macht Martin und streckt seiner Schwester die Zunge raus.

»Mama, der hot ...«

»I hao's gseah«, unterbricht Mutter Bäuerle ihre Tochter. Und zu Martin sagt sie: »Du bischt a wiaschter Kerle. Wenn du so weiter-machscht, no brengt dir s Chrischtkendle nix.«

Martin grinst seine Mutter an.

»Brauchsch gar ned so unverschämt grinsa, Bürschle! Des isch nämlich mei Ernscht.«

Martin grinst immer breiter. »Meine neia Schi schtanded jo scho em Keller.«

»Ach, so isch des! Ond jetz moinsch du, du kenndescht so frech sei, wia's dir grad baßt.« Mutter Bäuerle hebt drohend den Finger. »Maale, deisch de fei ned!«

Sie klopft gegen die Zeitung. »Rainer, hosch du des ghört?«

»Wa isch denn?« brummt Vater Bäuerle hinter der Zeitung.

»Dr Martin moint, er brauch nemme brav sei, er häb jo scho neie Schi.«

»Hotr doch ao.«

»Ätsch!« sagt Martin zu seiner Mutter.

»Martin!« ruft Mutter Bäuerle drohend. Dann spricht sie durch die Zeitung mit ihrem Mann. »Also Rainer, wia kaasch du so ebbes saga?«

»Weil's wohr ischt.«

»Jetz leg amol dia saudomm Zeidong weg! So ka ma jo ned mitnand schwätza.«

Vater Bäuerle legt die Zeitung zusammen und zur Seite. »I muaß jetz ens Gschäft.« Er steht auf und trägt seine Tasse zum Spültisch.

In diesem Augenblick stimmt der Kinderchor im Radio »O du fröhliche« an.

Die Überraschung

Sonntags bleiben Vater und Mutter Bäuerle immer ein wenig länger im Bett als während der Woche. Heute ist das den Kindern ganz recht, denn sie wollen ihre Eltern mit einem gedeckten Frühstückstisch überraschen. Bärbel kocht sogar Kaffee. Das hat sie noch nie getan. Und mitten auf den Tisch stellt sie eine rote Kerze.

Martin guckt mit großen Augen. »Willsch du dia abrenna?«

»Klar.«

»Kaasch du des?«

»I be jo koi Bäbi wia du«, stichelt Bärbel.

»I be koi Bäbi, du blöde Kuah!«

»Schrei doch ned so, sonscht wached se auf!«

Bärbel holt Streichhölzer und zündet die Kerze an. Martin weicht zurück. Seit er sich im vergangenen Jahr die Finger verbrannt hat, hat er vor Streichhölzern und Kerzen großen Respekt.

Bärbel und Martin gehen ins Wohnzimmer. Bärbel nimmt ihre Flöte, Martin seine Trommel. Bärbel gibt das Kommando: »Drei, vier!«

Dann legen sie los und marschieren durch den Flur zum Schlafzimmer der Eltern. Die Musik ist eine Mischung aus »Ihr Kinderlein kommet« und dem Radetzkymarsch. Und schon nach wenigen Takten sitzen Vater und Mutter Bäuerle kerzengerade im Bett.

»Aufhöra!« schreit Vater Bäuerle. »Höred sofort mit dem Krach auf!«

»Des isch koi Krach«, sagt Bärbel. »Des ischt ›Ihr Kinderlein kommet‹, weil ihr jetz aufschtao solled.«

»Ned amol am Sonndegmorga hot ma sei Ruah«, brummt Vater Bäuerle, legt sich wieder hin und zieht sich die Decke bis über die Ohren.

Martin zieht ihm die Decke weg. »Ihr solled jetz aufschtao! I hao Honger!«

»No decked amol da Disch«, sagt Mutter Bäuerle und legt sich auch wieder hin.

»De … de … des kenned mir ned«, stottert Martin.

»Des kenned ihr guat, ihr send bloß z'faul drzua«, behauptet Mutter Bäuerle.

»Isch jo gar ned wohr!« wehrt sich Martin.

»No isch jo guat«, sagt Mutter Bäuerle. »No zoiged amol, daß ihr des kenned! Ond wenn dr Disch deckt ischt, no holed ihr ons.«

»Mir kenned da Disch nemme decka«, murmelt Bärbel.

»Worom ned?«

»Weilr scho deckt ischt!« ruft Bärbel und heult los.

»Ach so.« Langsam begreift Mutter Bäuerle alles. Sie steht schnell auf, drückt Bärbel und Martin an sich und geht mit ihnen in die Küche.

»Oh, schee hendr des gmacht.« Sie ist ganz gerührt, bekommt sogar feuchte Augen und gibt beiden einen schmatzenden Kuß.

»Weil heit doch dr erscht Advent ischt«, erklärt Martin. »Ond dia Kerz hot d Bärbel ganz alloi abrennt«, sagt er voller Bewunderung für seine große Schwester.

»Ond jetz schtoht dr Baba wieder ned auf«, schnieft Bärbel.

Mutter Bäuerle nimmt die Kerze vorsichtig in die Hand. »Kommed mit.« Sie gehen ins Schlafzimmer und stellen sich am Fußende des Bettes nebeneinander auf. Mutter Bäuerle flüstert den Kindern etwas ins Ohr. Auf ihr Zeichen fangen sie an: »Advent, Advent, ein Lichtlein brennt. Erst eins, dann zwei, dann drei, dann vier, dann steht das Christkind vor der Tür.«

»Mir wär's liaber, *ihr* dädet voar dr Dir schtao«, brummelt Vater Bäuerle in das Kissen.

»Jetz komm«, sagt Mutter Bäuerle. »Dia zwoi hend sich so viel Mühe gea ond ganz alloi da Disch deckt.«

»Weil heit dr erscht Advent ischt«, wiederholt Martin. »Dean muaß ma doch feira. Ond do muasch du drbei sei, sonscht isches ned schee.«

»Ao des no.« Vater Bäuerle kriecht wie ein alter Mann aus dem Bett. Aber weil heute der erste Advent ist, und weil alle schon so nett zu ihm sind, macht er gute Miene zum schönen Spiel. Auch wenn ihm das um diese Zeit saumäßig schwer fällt.

Der schwarze Engel

Am Abend des ersten Advent brennt bei Bäuerles die erste Kerze am Adventskranz. Die ganze Familie sitzt auf dem Sofa und singt Weihnachtslieder. Auch Vater Bäuerle singt kräftig mit. Und manchmal begleitet Bärbel den Gesang mit ihrer Flöte. Das klingt sehr schön, obwohl hin und wieder ein falscher Ton dabei ist.

»Jetzt hao i gnuag gsonga«, sagt Martin nach dem zehnten Lied. »I mecht jetz liaber no a Gschicht höra.«

»Au ja!« ruft Bärbel. »Baba, du sollscht ons a Adventsgschicht vorleasa!«

»Gern.« Vater Bäuerle holt ein Buch mit Adventsgeschichten und schlägt es auf.

»Der schwarze Engel«, liest er. »Am Montag nach dem ersten Advent sagte Herr Kupferschmidt zu seiner vierten Klasse: ›Wir werden vor den Weihnachtsferien ein Krippenspiel aufführen. Ihr dürft alle mitspielen. Wir verteilen jetzt gleich die Rollen, und morgen beginnen wir mit den Proben.‹

Die Kinder waren begeistert.

Die meisten Mädchen wollten natürlich die Maria spielen, die meisten Jungen den Josef oder einen der Heiligen Drei Könige. Nur Dominik und Jenny meldeten sich nicht.

›Wollt ihr beide denn nicht mitspielen?‹ fragte Herr Kupferschmidt.

›Doch‹, sagte Dominik. ›Aber ich will nicht der Josef und kein König sein.‹

›Und ich keine Maria.‹

›So? Und was möchtet ihr gern sein?‹

›Der Verkündigungsengel‹, antworteten beide gleichzeitig.

Zuerst wurde es still in der Klasse, dann fingen einige an zu tuscheln.

Jenny drehte sich zu Dominik um. ›Ein Junge kann doch kein Engel sein!‹

›Klar kann er das! Es heißt ja auch *der* Engel, nicht die Engelin.‹«

»Halt amol!« sagt Martin zu seinem Vater. »I hao emmer gmoint, Engel seied Mädle.«

»Send se ao«, behauptet Bärbel.

»Aber wenn's doch *der* Engel hoißt, no send Engel jo Buaba.«

Bärbel tippt sich an die Stirn. »Du bischt uf jeda Fall koi Engel, seall isch sicher.«

»Du ao ned!«

»Mir send älle koine Engel«, mischt sich Mutter Bäuerle jetzt ein. »Ond ob Engel Weible oder Maale send, des woiß koi Mensch. Weil no koiner oin gseah hot.«

»Derf i jetz weiter leasa?«

Bärbel nickt und macht »Pssst!«.

Vater Bäuerle räuspert sich und liest weiter:

»Jenny wollte Dominik widersprechen. Aber ihr fiel so schnell keine passende Antwort ein. Das nutzte Dominik aus und sagte:

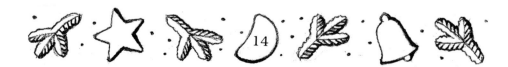

14

›Der Verkündigungsengel heißt sowieso Gabriel. Ist Gabriel vielleicht ein Mädchenname?‹

Jetzt lachte die ganze Klasse. Nur Jenny lachte nicht.

Um alle Zweifel zu beseitigen, setzte Dominik noch eins drauf: ›Und selbst wenn Engel Mädchen wären, könntest du kein Engel sein. Oder hast du schon mal einen Negerengel gesehen?‹

›Dominik!‹ sagte Herr Kupferschmidt scharf.

Jenny fing an zu weinen.

›Ob Engel schwarz oder weiß oder rot oder gelb sind, weißt du so wenig wie wir‹, sagte Herr Kupferschmidt. ›Darauf kommt es auch nicht an. Und beim Krippenspiel schon gar nicht. Wichtig ist, wer den Engel gut spielen kann. Und ich bin sicher, Jenny kann ihn gut spielen.‹

›Ich auch‹, sagte Dominik trotzig.

Herr Kupferschmidt nickte. ›Richtig, du auch. Obwohl du dich eben alles andere als engelhaft benommen hast. Meinst du nicht auch?‹

Dominik zögerte, dann nickte er. ›Tut mir leid.‹

Jenny wischte die Tränen weg und schneuzte sich.

›Aber wir brauchen nun mal nur einen Verkündigungsengel für unser Krippenspiel‹, murmelte Herr Kupferschmidt. ›Was machen wir denn da?‹

Jana meldete sich. ›Wir können doch gut mit zwei Engeln spielen. Es gibt ja auch weiße und schwarze Menschen.‹

›Hm.‹ Herr Kupferschmidt überlegte. ›Das wäre ziemlich ungewöhnlich – aber warum eigentlich nicht?‹

›Jenny ist der Engel für alle schwarzen Menschen‹, ergänzte Jana, ›Dominik für die weißen.‹

›Jenny, Dominik, was meint ihr dazu?‹ fragte Herr Kupferschmidt.

Die beiden sahen sich kurz an und nickten.

›Also gut, versuchen wir es‹, sagte Herr Kupferschmidt.«

»Isch dia Gschicht jetz aus?« fragt Martin.

»Noid ganz«, antwortet sein Vater.

»Des fend i prima, daß älle zwoi da Engel schbiela dürfed«, meint Bärbel.

»Lies weiter, Baba«, sagt Martin.

»In den nächsten Tagen lernten die Kinder ihre Rollen«, liest Vater Bäuerle weiter. »Bei den Proben waren die meisten mit großem Eifer dabei. Nur der lange Jan wollte kein Schauspieler sein. So bekam er die Aufgabe, den Vorhang zu öffnen und zu schließen. Das gefiel ihm.

Jenny und Dominik beherrschten ihre Rollen schon bald perfekt. Und als das Krippenspiel aufgeführt wurde, staunten Schüler, Lehrer und Eltern über die beiden Engel. Doch Jenny und Dominik spielten die Engel wie Engel. Sie schwebten auf die Bühne, machten dabei haargenau die gleichen Bewegungen und sprachen wie aus einem Mund: ›Fürchtet euch nicht! Siehe, wir verkündigen euch große Freude, die allem Volk widerfahren wird, denn euch ist heute der Heiland geboren, welcher ist Christus, der Herr, in der Stadt Davids.‹ Und nach einer kleinen Pause sprachen sie weiter: ›Jesus Christus ist für alle Menschen geboren, für weiße und für schwarze.‹ Bei diesen Worten faßten sich Jenny und Dominik an der Hand. Und im Saal wurde es wunderschön still.«

Vater Bäuerle klappt das Buch nicht wie sonst zu. Denn das hätte die Stille gestört.

Opa erzählt vom Pelzmärte

Martin sitzt am Tisch in der gemütlichen Wohnküche seiner Groß-
eltern und malt einen Tannenbaum. Sein Großvater bastelt einen
Weihnachtsstern aus Strohhalmen.

Beide sind so in ihre Arbeit vertieft, daß sie lange Zeit nichts
reden.

Als Martin mit seinem Tannenbaum zufrieden ist, fängt er an,
noch einen Nikolaus zu malen. Plötzlich schaut er hoch. »Opa, isch
zu dir ao dr Santeklos komma, wo du no a Bua gsei bischt?«

»Des hao i dir doch scho verzählt.«

»I mecht's aber nomol höra.«

»Also guat«, sagt der Großvater. »Domols isch ...«

»Halt!« ruft Martin, kommt hinter dem Tisch hervor und klettert
auf Großvaters Schoß. »Jetz kaasch verzähla.«

»Wo i so alt gsei be wia du, isch no viel ganz anderscht gsei wia
heit. De maischta Leit send arm gsei. A oiges Zemmer voller Schbiel-
sacha haoad mir Kender ned ket. Ond an Fernseher ao ned.«

»Aber an Santeklos«, sagt Martin ungeduldig. »Du sollscht vom Santeklos verzähla!«

»A dean ka i mi ned erinnra. I glaub, zo ons isch nia a Santeklos komma. Aber dofir dr Belzmärte. Ond vor deam haoed mir grauseg Angscht ket. Weil de Graoßa oft gsait haoed, dr Belzmärte schteck älle freacha Kender en Sack ond neamm se mit en Wald.«

Martin hört seinem Großvater mit offenem Mund zu.

»Am Obed send mir Kender em henderschta Eckle vo dr Schtuba gseassa ond haoed betet, daß dr Belzmärte vrbei gao soll. Aber onsre Gebet send jedes Johr omsonscht gsei. Ond oimol ischt a ganz bsonders schlemmer Belzmärte komma. Des woiß i no wie wenn's erscht geschdert gsei wär. Dobei isch des schao seachzg Johr her.«

Martin drückt sich noch ein wenig fester an seinen Großvater und hält dessen Hand fest.

»Soll i aufhöra mit Verzähla?«

»Noi«, sagt Martin schnell. »Mach weiter!«

»Jo, also – der Belzmärte ischt zu dr Hausdir reiboltred ond hot laut mit seine Ketta grassled. No isch d Schtubadir aufganga, ond do isch dr gschtanda! Mir Kender haoed ons nemme gregt ond haoed nemme gschnaufed. Dr Belzmärte hot ons fescht ausgschempft. ›Ihr send wieder ned brav gsei! Bsonders dia zwee Lausbuaba do henda!‹ Dobei hotr mit seiner langa Ruat uf mein Bruader Franz ond mi zoiged. ›Du do, schtand amol auf!‹ hotr zu mir gsait. I hao ned wella. No hotr mi packt, ibers Knia glegt ond mir mit seiner Ruat da Hentra verschlaga.

›Ond du‹, hotr noch zu meim Bruader gsait, ›du bischt dr Schlemmscht vo älla. Di muaß i desmol en Wald mitneamma!‹

›Noi!‹ hot dr Franz gschria ond zu onserm Vadder laufa wella. Aber dr Belzmärte hot da Franz gschnappt. Der hot bettelt, gheult, zabbelt ond gschria wia am Schbiaß. Aber des ischt am Belzmärte

22

egal gsei. Er hot da Franz e sein graoßa Sack gschteckt. Ond des ischt onsra Muatter zweit ganga. ›So schlemm isch s Franzle doch gar nemme‹, hot se zum Belzmärte gsait. ›Du kaasch da wieder raus lao aus deim Sack.‹

›Nix do‹, hot dr Belzmärte brommled. ›Der muaß mit!‹

Do hot mei Bruader en deam donkla Sack halba verruckt voar Angscht gschria: ›Baba, hilf mir! Baba, hilf mir!‹

›Sei schtill, Franz‹, hot onser Vadder gsait. No isch dr aufgschtanda ond hot da Belzmärte aone Sack aus dr Schtuba gschoba. Voar dr Dir haoed dia zwee reacht laut mitnand gschwätzt.

Onser Muatter hot da Franz uf da Arm gnomma ond tröschded. No ischt onser Vadder wieder reikomma ond hot gsait: ›Der konnt nemme, du brauscht koi Angscht mai hao.‹

Aber dr Franz hot no lang zittred voar Angscht. Genau wia i ond de andre.«

Martin sitzt auf Großvaters Schoß und atmet kaum noch.

»Jo, jo, Martin, so isch des domols gsai. Aber so viel Angscht wia voar deam schlemma Belzmärte hao i mei ganz Leaba lang nia mai hao miaßa. Ond woischd ao worom?«

Martin schüttelt den Kopf.

»Weil i gsea hao, wia onser Muatter ao am Franz gholfa hot, obwohl der wirklich a reachter Lausbua gsei isch. Ond weil onser Vadder ao da schlemmschta Belzmärte ned gfürchdet hot. Vo deam Dag a ben i ganz sicher gsei, daß mir nix Schlemms bassiera ka, solang mei Muatter ond mei Vadder do send. Ond wo dr nägscht Belzmärte zom Haus reiboltred ischt, hao i bloß no halba so viel Angscht ket.«

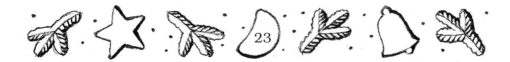

Das vergessene Nikolausgedicht

Bei den Kindern des Turnvereins hat sich der Nikolaus angesagt. Er will zu ihrer Weihnachtsfeier kommen und wünscht sich, daß alle Kinder etwas aufsagen oder vorspielen können.

Schon Tage zuvor üben die meisten Kinder eifrig. So auch Bärbel und Martin. Bärbel möchte mit ihrer Freundin Julia ein Flötenstück vortragen. Martin würde am liebsten auf seinem Froschklavier spielen. Aber das erlaubt seine Mutter nicht, weil ein Froschkonzert nicht zu einer Weihnachtsfeier paßt. Am zweitliebsten würde er mit seinem Freund Simon ein Lied singen. Aber Simon kann nicht singen. Der wirft mit seinem Gekrächze jeden Chor um. Und allein traut sich Martin nicht. Er ist nämlich auch kein großer Sänger. Weil Martin außer dem Froschklavier kein Instrument spielt, bleibt ihm nichts anderes übrig, als ein Gedicht zu lernen.

»Aber koi so langs«, sagt er zu seiner Mutter.

Sie blättert in einem Buch mit Weihnachtsgedichten und liest Martin mehrere Gedichte vor. Doch an jedem hat er etwas auszu-

setzen. Eines ist ihm zu lang, eines zu doof, eines versteht er nicht, und eines reimt sich nicht richtig.

»Jetzt hao i oins«, sagt Mutter Bäuerle. »Des baßt zu dir:

> *Bitte*
>
> *Guten Abend, Nikolaus,*
> *ich möchte dir was sagen.*
> *Dieses Jahr gab's manchen Grund,*
> *über mich zu klagen.*
>
> *Trotzdem bitte ich dich sehr,*
> *stecke deine Rute ein,*
> *denn ich will im nächsten Jahr*
> *bestimmt viel lieber sein.«*

»Des soll zu mir bassa?« fragt Martin. »I be doch emmer brav.«

Mutter Bäuerle lacht und knuddelt ihren Sohn. »Emmer brav, des wär schee.«

Martin macht sich los. »Emmer vielleicht ned ganz«, gibt er zu. »Aber maischtens emmer.«

»Oh, Martin, du bischt no so a Schlengel. Ond grad weil du so a Schlengel bischt, baßt des Gedicht guat zu dir.«

Ein bißchen findet Martin das auch, aber zugeben würde er es natürlich nie. Deswegen sagt er nur: »Scheener wie de andre Gedicht isch des scho.« Und er fängt auch gleich an, es zu lernen.

Am Samstagnachmittag um fünf versammeln sich die Kinder und ihre Eltern im Turnerheim. Zuerst singen alle gemeinsam »Leise rieselt der Schnee«. Dann hält der Jugendleiter eine Ansprache. Er berichtet über das abgelaufene Jahr, lobt den Trainingsfleiß der meisten Kinder und zählt die größten Erfolge bei Wettkämpfen auf. In diesem Jahr war Bärbel die erfolgreichste Turnerin des Vereins.

Sie wurde Bezirksmeisterin und durfte an den Württembergischen Meisterschaften in Stuttgart teilnehmen. Auch dort gehörte sie zu den besten und erreichte im Bodenturnen den sechsten Platz. Dafür erhält sie nun vom Jugendleiter ein Geschenk und von allen Anwesenden viel Beifall.

Danach singen sie »Laßt uns froh und munter sein«. Während des Liedes hört man draußen plötzlich Glöckchen bimmeln. Die Tür geht auf, der Nikolaus kommt herein. Ein paar Kinder hören auf zu singen. Und noch ein paar und noch ein paar. Da hebt der Nikolaus seine Rute und beginnt, mit ihr zu dirigieren. Dazu singt er selbst sehr laut mit, und die Kinder stimmen wieder ein.

Als das Lied zu Ende ist, sagt der Nikolaus: »Schön habt ihr gesungen. Aber ihr müßt gleich lernen, alle Verse zu singen. Nicht daß ihr von den schönen Liedern immer nur den ersten Vers könnt, wie das bei den Schwaben leider so üblich ist.« Dabei schaut er die Erwachsenen an und droht ihnen mit seiner Rute. »Das gilt auch für euch! Habt ihr mich verstanden?«

Die Erwachsenen nicken brav.

Der Nikolaus holt ein dickes Buch aus seinem Sack und schlägt es auf.

»Thomas Alber«, liest der Nikolaus und winkt ihn zu sich. »Du bist ein guter Turner, aber du fehlst oft im Training, steht hier. Stimmt das?«

Thomas nickt.

»Und warum fehlst du so oft?«

»Weil i koi Zeit hao«, antwortet Thomas. »I schbiel no Fuaßball ond Tennis. Ond en Musikvrei gang i ao. I lern Trompete.«

»Ist das nicht ein bißchen viel?«

»Mir macht älles Schbaß.«

»Soso. Na, das ist ja die Hauptsache«, sagt der Nikolaus. »Kannst du uns denn mit deiner Trompete auch ein Weihnachslied vorspielen?«

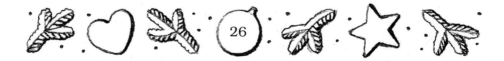

»Klar«, antwortet Thomas, holt seine Trompete und spielt »Ihr Kinderlein kommet«.

»Sehr schön«, lobt ihn der Nikolaus. »Damit ist dein Fehlen im Training entschuldigt.« Er holt für Thomas ein Päckchen aus dem Sack. Dann ruft er Bärbel Bäuerle auf. »Ja, was steht denn da? Du bist schon Bezirksmeisterin und eine der besten im ganzen Land! Das ist ja eine tolle Leistung. Moment, hier steht noch etwas: Bärbel ist auch sehr kameradschaftlich. Das freut mich besonders, denn das ist so wichtig wie gute Leistungen im Turnen. Mach nur weiter so!«

Er streicht Bärbel über den Kopf. Die wird ganz verlegen und dreht ihre Flöte in den Händen herum.

»Und jetzt willst du uns etwas vorflöten?«

Bärbel nickt. »Mit dr Julia.«

Bärbel und Julia spielen »Kling, Glöckchen, kling«. Und es klingt wirklich sehr schön.

Bärbel bekommt noch ihr Päckchen, dann ist Martin dran.

»Du bist also Bärbels Bruder und willst sicher einmal so gut werden wie deine große Schwester.«

»Noi«, sagt Martin.

»Nicht?« Der Nikolaus ist überrascht. »Warum denn nicht?«

»Weil ma do emmer zu Wettkämpf fahra muaß ond so viel träniera.«

»Und das willst du nicht?«

»Noi.«

»Soso«, sagt der Nikolaus. Er schaut noch mal in sein Buch. »Hier steht, daß du beim Training manchmal Unsinn machst.«

Martin grinst, und die anderen Kinder kichern.

»Du scheinst mir ja ein richtiger Lausbub zu sein«, sagt der Nikolaus. »Kannst du wengistens ein Lied oder ein Gedicht?«

Martin nickt – und gleichzeitig wird ihm heiß. Das Gedicht ist weg! Er überlegt und überlegt. Aber umsonst. Das Nikolausgedicht ist aus seinem Kopf verschwunden.

Der Nikolaus wartet. Die Kinder tuscheln.

»Des blöd Gedicht fällt mir ned ei«, murmelt Martin.

»Du wirst doch wenigstens ein kleines Gedicht für den Nikolaus aufsagen können«, tadelt ihn der Nikolaus.

»I ka ao oins.«

»Dann heraus damit!«

Martin zögert. Er guckt zum Nikolaus hinauf.

»Na los«, ermuntert ihn dieser.

Und Martin legt los:

> *»Zwei Männer haben Streit,*
> *sie sind nicht ganz gescheit.*
> *Einer säuft, der andre trinkt,*
> *und einer von uns beiden stinkt.«*

Einen Augenblick ist es mucksmäuschenstill im Turnerheim. Dann fangen die Kinder an zu kichern.

Der Nikolaus wedelt mit der Rute vor Martins Nase herum. »Du bist ja noch ein viel größerer Lausbub als ich dachte. So ein wüstes Gedicht habe ich noch von keinem Kind gehört.«

Martin kämpft mit den Tränen. »Du ... du ... du hosch doch gsait, i ... i ... soll a Gedicht aufsaga«, stottert er. »Ond wenn ... wenn i mei anders vergeassa hao, no hao i doch des ... des aufsaga miaßa, weil des 's oinzeg ischt, wo i auswendig ka.«

»Solche Gedichte sollte ein Junge wie du gar nicht lernen«, sagt der Nikolaus. »Wo es doch so viele schöne Gedichte gibt.«

»Aber reima duat sich meins ao schee«, antwortet Martin.

Jetzt muß der Nikolaus lachen. »Reimen tut es sich wenigstens, da hast du recht.« Er schüttelt den Kopf, greift in den Sack und holt Martins Päckchen heraus. Martin nimmt es, bedankt sich und ist froh, daß er sich endlich wieder setzen darf.

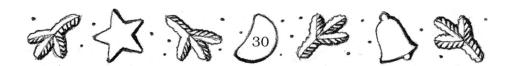

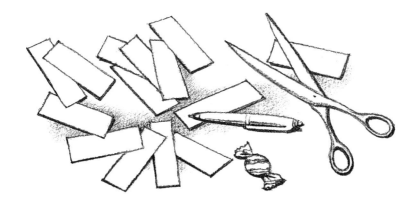

Seltsame Wünsche

»Wa schenked mir dr Mama ond am Baba zu Weihnachta?« fragt Bärbel ihren Bruder.

Der zieht die Schultern hoch. »Woiß i doch ned!«

»Des miaßed mir aber bald wissa.«

»Mir kenned jo froga, was se sich wünsched«, schlägt Martin vor. Und das tun sie auch.

Mutter Bäuerle sitzt an ihrem Schreibtisch und ist in ein Buch vertieft. Auf die Frage ihrer Kinder antwortet sie nur »Jo, jo«. Auch die nochmalige Frage hört sie nur mit einem halben Ohr. Die Antwort ist ein stummes Nicken.

»Mama!« ruft Bärbel.

Mutter Bäuerle zuckt zusammen. Erst jetzt nimmt sie ihre Kinder richtig wahr. »Wa isch denn?« fragt sie unwirsch.

Bärbel wiederholt zum drittenmal ihre Frage.

»Was i mir wünsch?« Mutter Bäuerle überlegt nicht lange. »Zwoi brave Kender wünsch i mir. Sonscht nix.«

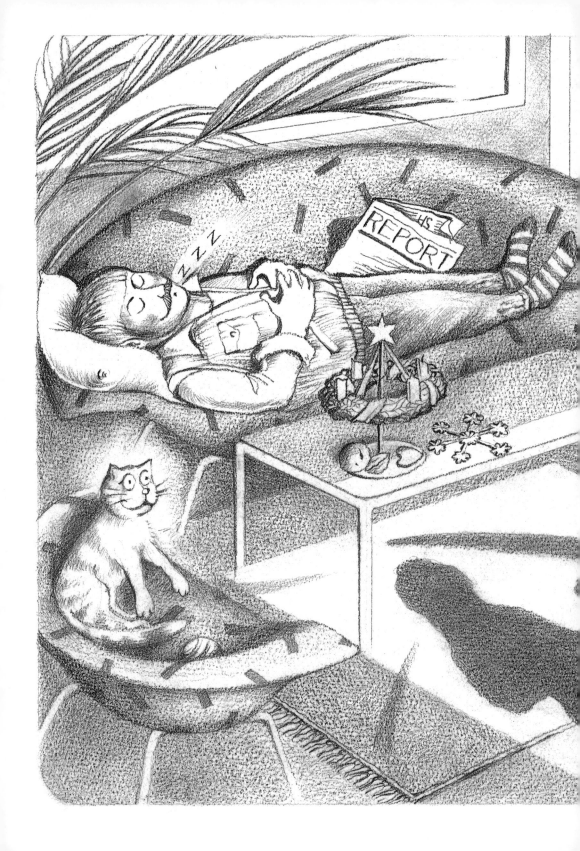

Martin guckt erst Bärbel, dann seine Mutter an. »Du willscht nomol zwoi Kender?« fragt er ganz erstaunt. »No wäred mir jo vier!«

»Herr bewahre!« ruft Mutter Bäuerle und schlägt die Hände über dem Kopf zusammen.

Jetzt versteht Martin überhaupt nichts mehr.

»Komm«, sagt Bärbel, nimmt ihren Bruder an der Hand und geht mit ihm hinaus. Draußen erklärt sie Martin, wie die Mutter das mit den zwei braven Kindern gemeint hat.

»Ach so«, sagt Martin erleichtert und enttäuscht zugleich. »No wissed mir jetz erscht noid, was mir dr Mama schenka solled. Aber wenigschtens wünscht se sich ned nomol zwoi Kender. Wo heddet mir dia ao herbrenga solla?«

»Zwoi brave Kender«, murmelt Bärbel. »So a blöder Wunsch. Wer ka scho emmer brav sei?«

»Des wär jo langweilig«, meint Martin.

»Baß auf!« sagt Bärbel plötzlich. »I hao a Idee!« Sie flüstert ihrem Bruder etwas ins Ohr.

»Au ja, des isch guat!« ruft Martin begeistert. »Do frait sich d Mama beschtemmt. Ond koschta duats ao nix.«

Damit ist das erste Wunschproblem gelöst. Nun suchen Bärbel und Martin ihren Vater. Der liegt im Wohnzimmer auf dem Sofa und döst. Bärbel und Martin schleichen sich wie zwei Indianer an. Vor dem Sofa bleiben sie stehen und rühren sich nicht mehr. Sie wollen ihren Vater nicht wecken, aber er soll aufwachen. Und obwohl die Kinder keinen Ton von sich geben, dauert es gar nicht lange, bis Vater Bäuerle blinzelt.

»Wa isch denn?« fragt er genau so unwirsch wie seine Frau kurz zuvor.

»Mir mechdet wissa, was du dir zu Weihnachta wünscht«, flüstert Martin.

»Was i mir wünsch?« Auch Vater Bäuerle überlegt nicht lange.

»Bloß ällamol wieder a Schtond mei Ruah. Des ischt mei gröschter Wunsch.« Und schon schließt er die Augen wieder.

Bärbel und Martin schleichen beinahe lautlos davon. Leider stolpert Martin über den Teppich und knallt gegen den Wohnzimmerschrank, daß die Tassen und Gläser nur so klirren.

Vater Bäuerle fährt aus seinem Halbschlaf hoch und guckt, als würde gleich das Haus über ihm zusammenstürzen. »Raus jetzt!« schreit er. Dann läßt er sich ermattet auf das Kissen fallen.

Bärbel und Martin verschwinden in Bärbels Zimmer.

»Dia haoed komische Wünsch«, sagt Martin. »D Mama will brave Kender, dr Baba will sei Ruah. Daß dia sich ao nix Gscheids wünscha kennad.«

Bärbel zieht die Schultern hoch. »So send Eltra halt. Do kaasch nix macha.«

»Ond was schenked mir jetz am Baba?« fragt Martin.

»Des isch doch ganz oifach«, antwortet Bärbel. »S gleich wia dr Mama.«

»Ao brave Kender?«

Bärbel tippt sich an die Stirn. »Er will doch *Ruhe!* No kriagt dr ao Ruhe.«

»Ach so!« Jetzt versteht Martin. »Des isch guat!«

Die beiden machen sich sofort an die Arbeit. Martin reißt ein Blatt aus dem Zeichenblock und schneidet lauter kleine Stücke ab.

Bärbel schreibt darauf:

Gutschein für eine Stunde brave Kinder

»Wiaviel solled mir dr Mama schenka?« fragt Martin.

»I woiß ned«, antwortet Bärbel. »Vielleicht zeah? Aber zeah send an bißle wenig. Mir mached liaber zwanzg.«

»Zwanzg?«

»Worom ned? Dia Guatschei koschdet jo nix.«

»Aber zwanzgmol a ganze Schtond brav sei, wenn d Mama will, des isch no ganz schee viel«, gibt Martin zu bedenken.

»Jetz komm, des wirscht ao schaffa!«

»Also guat«, brummt Martin. Er schneidet zwanzig Gutscheine für seine Mutter und zwanzig für seinen Vater. Auf die zweiten zwanzig schreibt Bärbel:

Gutschein für eine Stunde Ruhe

»Über dia Gschenk miaßed sich d Mama ond dr Baba saumäßig fraia«, meint Martin.

»Des glaub i ao«, sagt Bärbel.

Der Christbaum

Zwei Wochen vor Weihnachten stehen die ersten Tannenbäume vor den Gärtnereien und Supermärkten. Nach dem Großeinkauf am Freitagnachmittag schaut sich Mutter Bäuerle ein paar Bäume an.

»Mir brauched ao no an Chrischtboom.«

»Aber jetz doch noid«, brummt Vater Bäuerle. »Deana falled jo äll Nodla raus bis am Heiliga Obad. Ond sowieso weand dia no viel billiger. I zahl doch ned a halbs Vermöga für so a Heck do!«

»Wenn du wieder warta willscht bis am letschta Dag, bloß daß du zwoi, drei Mark schbara kaascht, no kauf i des Johr onsern Chrischtboom«, sagt Mutter Bäuerle ärgerlich.

»Des kommt ned in Frog«, wehrt sich Vater Bäuerle. »I hao no jedes Johr da Chrischtboom kauft. Ond i kaufen ao des Johr!«

Vater Bäuerle hat gesprochen. Mutter Bäuerle sagt nichts mehr. Sie denkt sich ihren Teil.

Am Samstag vor Weihnachten verkauft die Gemeinde auf dem Bauhof Christbäume. Mutter Bäuerle schickt ihren Mann los.

Es dauert nicht lange, bis er zurückkommt – aber ohne Baum.

»Wo hosch du onsern Boom?« fragt Mutter Bäuerle.

»Boom?« fragt Vater Bäuerle zurück und lacht bitter. »Des send koine Beem, des send Besa. Ond so a Besa kommt mir ned in mei Schtuba!«

»*Onser* Schtuba, bitte«, sagt Mutter Bäuerle. »Des ischt emmer no *onser* Schtuba.«

»Ao in *onser* Schtuba kommt koi so a Besa. Vorher gange en Wald ond hol det an reachta Chrischtboom.«

»Des loscht aber jo bleiba!« schimpft Mutter Bäuerle. »I will koi Bolizei im Haus, bloß weil du so a Geizkraga bischt!«

»Wa hoißt do Geizkraga?« wehrt sich Vater Bäuerle. »Do goht's oms Prinzip.«

»Prinzip ischt bei dir bloß a anders Wort für Geald«, behauptet Mutter Bäuerle.

Damit hat sie ihren Mann an einer empfindlichen Stelle getroffen.

Er ist zwar sehr sparsam und dreht jede Mark ein paarmal um, bevor er sie dann doch nicht ausgibt. Aber mit Geiz hat das überhaupt nichts zu tun. Daß er geizig sei, kann Vater Bäuerle natürlich nicht auf sich sitzen lassen. Und so reden die beiden sich langsam heiß. Von vorweihnachtlicher Stimmung ist keine Spur.

Eine halbe Stunde später zieht Mutter Bäuerle ihren Mantel an, steigt ins Auto und fährt zum Bauhof. Dort sind inzwischen schon viele Bäume verkauft, aber Mutter Bäuerle findet trotzdem noch einen sehr schönen. Den nimmt sie allerdings nicht mit nach Hause, sondern stellt ihn unterwegs bei ihren Eltern in die Garage.

Zwei Tage vor Heiligabend fällt den Kindern auf, daß nirgendwo im Haus ein Tannenbaum steht.

»Wo isch denn onser Chrischtboom?« fragt Martin.

»Dean hol i am Heiliga Obed«, antwortet sein Vater.

Am Heiligen Abend nach dem Mittagessen sagt Vater Bäuerle: »Jetz gang i ond hol gschwend an Boom.«

»I will mit!« rufen Martin und Bärbel.

»Noi, noi, i gang alloi.« Und das tut Vater Bäuerle auch. Martin heult, Bärbel zieht einen Flunsch. Mutter Bäuerle tröstet die beiden. Dann warten sie und warten. Eine Stunde, zwei Stunden. Um halb drei ruft Mutter Bäuerle ihren Vater an und bittet ihn, den Baum zu bringen. Den schmücken Mutter Bäuerle und die Kinder dann miteinander.

Um halb vier hört Martin ihr Auto. »Dr Baba kommt! Dr Baba kommt!«

Sie laufen ihm entgegen und fangen ihn schon an der Haustür ab.

»Baba! Baba! Wo bisch du denn so lang gsei?«

Vater Bäuerle macht einen sehr geknickten Eindruck. »Jo ... also ... Kender ...« stottert er. »S duat mr grauseg loid, aber i ... i hao ...«

»Was?« fragen Bärbel und Martin.

Vater Bäuerle hat Schweißperlen auf der Stirn. »Des Johr ...«, stottert er weiter, »... des Johr gibt's leider koin Chrischtboom.«

»Mir haoed doch scho oin!« ruft Bärbel.

»Wo? Wieso? Woher?« Vater Bäuerle steht im Flur und guckt wie ein Ochse wenn's donnert.

Martin nimmt ihn an der Hand. »Komm mit!«

Im Wohnzimmer reißt Vater Bäuerle Mund und Augen auf. »Gott sei Dank«, murmelt er und läßt sich in einen Sessel fallen.

»Wa isch denn bassiert?« fragt seine Frau.

Vater Bäuerle erzählt, daß er im ganzen Ort und im halben Landkreis bei sämtlichen Gärtnereien und Supermärkten keinen einzigen Baum gefunden habe, der schön genug gewesen sei. Deshalb habe er sich entschlossen, in den Wald zu fahren und dort einen Baum zu holen. Dabei habe ihn leider ein Förster erwischt.

»Muascht du jetz ens Gfängnis?« fragt Martin ängstlich.

»Ens Gfängnis ned«, beruhigt Mutter Bäuerle ihren Sohn. »Aber a Schtrof muaß dr Baba zahla.«

»I be a dommer Siach«, murmelt Vater Bäuerle und schüttelt immer wieder den Kopf.

»Des isch dr deiersch Chrischtboom seit mir verheired send«, sagt seine Frau. »Ond älles bloß, weil du obedengt an bsonders billiga wella hoscht.«

»Jetz isches scho so«, nuschelt Vater Bäuerle. »Aber des bassiert mir nemme. Ab nägscht Johr kauf i onsern Chrischtboom bälder ond zahl, wasr koscht.«

Mutter Bäuerle gibt ihrem Mann einen Kuß. »Wenn des wohr ischt, no isch der Boom vo heit koi Mark z deier gsei.«

Bärbel und Martin schauen sich achselzuckend an. Sie verstehen jetzt überhaupt nichts mehr.

Heiliger Abend mit Pannen

Um halb fünf ziehen sich die Bäuerles warm an und gehen in Richtung Kirche. Vater und Mutter genießen die Stille im Dorf. Nach langen Wochen hektischer Geschäftigkeit scheint nun überall Ruhe einzukehren. Bärbel und Martin finden die Stille ziemlich langweilig. Aber weil Heiligabend ist, meckern und quengeln sie ausnahmsweise nicht.

Wie an jedem Heiligen Abend geht Familie Bäuerle auf den Friedhof, zum Grab der Oma, die vor vier Jahren gestorben ist. Bärbel kann sich noch an sie erinnern, Martin nicht mehr. Deswegen erzählt Vater Bäuerle von ihr. Und in den Geschichten wird sie wieder lebendig. Bärbel sieht sie deutlich vor sich. Martin denkt an ein Foto, das ihn mit seiner Oma zeigt. Er weint, sie trägt ihn auf dem Arm und streichelt ihn. Während Vater Bäuerle von Oma erzählt, kommt es Martin so vor, als spüre er ihre Hand auf seinem Kopf.

Mutter Bäuerle stellt eine Kerze auf Omas Grab. Sie schauen der flackernden Flamme noch eine Weile zu.

»Kommed«, sagt Vater Bäuerle, »d Kirch goht glei a.«

»Guat Nacht, Oma«, sagt Martin leise.

Wie immer an Heiligabend ist die Kirche sehr voll. Bäuerles müssen ziemlich weit hinten sitzen.

»I sieh nix«, flüstert Martin.

»I ao ned«, sagt Bärbel.

Sie tauschen mit ihren Eltern die Plätze, sehen aber trotzdem nur die Rücken und Hinterköpfe der Großen. Aber nicht nur deswegen sind sie froh, als der Gottesdienst zu Ende ist. Denn jetzt geht's endlich zu den Großeltern, wo die Bescherung stattfindet.

Die Großeltern, Tante Heidi, Onkel Hubert, Hanna und Harald warten schon. Vater Bäuerle nimmt seine Videokamera zur Hand und stellt sich in Position. Die andern suchen sich ein Plätzchen zum Sitzen.

Tante Heidi gibt Harald ein Zeichen und nickt ihm zu. Er hängt sein Akkordeon um und beginnt mit »Ihr Kinderlein kommet«. Sofort stimmen alle ein. Doch schon bei »... in Bethlehems Stall« vergreift sich Harald kräftig. Und bei der »... hochheiligen Nacht« hat er es geschafft, daß alle so falsch singen, wie er spielt. Da hört Harald auf zu spielen und fängt an zu weinen.

»Aber Harald, wa isch denn?« fragt seine Mutter. »Dahoim hoschd des Liad doch no so schee kenna.«

»I hao jo glei ned schbiela wella«, schnieft Harald. »Aber i hao jo miaßa!«

»Des isch d Aufregong, bloß d Aufregong«, entschuldigt Tante Heidi ihren Sohn. »Vor so viel Leit hot dr Harald no nia gschbielt. Dahoim ka er d' Weihnachtsliader schee. Des kenned ihr mir ruhig glauba.«

»Senged ihr jetz nomol?« fragt Vater Bäuerle hinter seiner Kamera.

»Ja wa! Hosch du de ganz Zeit gfilmt?« fragt Tante Heidi entsetzt.

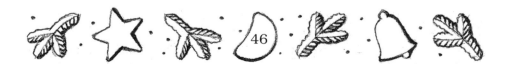

»Ha, klar!«

»Des muascht aber wieder löscha!«

»Worom?« Vater Bäuerle grinst. »Des ischt Heiligobad laif.«

»I mecht jetzt senga«, sagt Bärbel. »Aber aone dia blöd Ziehharmonika.«

»Wa hoißt do ...«

Die Großmutter unterbricht Tante Heidi, indem sie laut zu singen anfängt: »Alle Jahre wieder ...«.

Nach und nach stimmen alle ein. Sie singen sämtliche Weihnachtslieder, die die Kinder können. Und ohne Akkordeon klappt der Gesang prima.

»Wia lang senged mir denn no?« meckert Hanna. »I will jetzt auspacka!«

»Do hoscht reacht«, sagt der Großvater.

Unter dem Christbaum liegen viele große und kleine Päckchen. Bis die alle in den richtigen Händen sind, gibt es ein ziemliches Durcheinander. Die Kinder reißen das Geschenkpapier auf und öffnen die ersten Päckchen. Die Großen sind genauso gespannt wie die Kinder. Zumindest tun sie so. Dann hört man nur noch »Oh!« und »Ah!« und »Ja, wa isch denn des?« und »Isch des schee!«. Bis Vater Bäuerle plötzlich »Halt!« ruft. »Halt! Ned weiter macha! Ihr miaßed dia Päckle nomol eipacka. Dia bleed Kamera hot wieder ned dao!«

»Des ischt reacht«, sagt Tante Heidi grinsend.

»S isch doch jedesmol s gleich Theater«, schimpft Mutter Bäuerle. »Emmer duat ebbes ned!«

»Des isch doch gar ned wohr!« wehrt sich Vater Bäuerle.

»Ha, freilich! An Oschtra isch dr Akku leer gsei; an dr Bärbel ihrem Geburtstag hoscht an falscha Film dren ket. Ond em Urlaub hoscht aus Verseha älles wieder glöscht. Do ka ma s Filma jo glei bleiba lao!«

»Schwätz ned so viel«, sagt Vater Bäuerle. »Pack liaber dia Päckle nomol ei!«

Die Kinder wollen nicht. Aber Vater Bäuerle gibt keine Ruhe, bis wenigstens ein paar Päckchen noch einmal notdürftig eingepackt sind.

»Also los jetz!« gibt er das Kommando.

Die Kinder öffnen ihre Päckchen noch einmal. Doch von »Oh!« und »Ah!« ist keine Spur mehr. Und die Ausrufe »Ja, wa isch denn des?« und »Isch des schee!« klingen ziemlich matt. Aber wenigstens hat Vater Bäuerle nun die Bescherung »im Kasten«. Als krönenden Abschluß wünscht er sich, daß alle noch einmal »Stille Nacht« singen, am liebsten mit Akkordeonbegleitung. Doch den Gefallen tun ihm die anderen nicht. Darauf muß er wohl oder übel bis zum nächsten Heiligen Abend warten.